閱讀123

國家圖書館出版品預行編目 (CIP) 資料

買菜大冒險 / 哲也文 ; 草棉谷圖. -- 第一版. -- 臺北市 : 親子天下, 2019.09
64面 ; 14.8×21公分. -- (我媽媽是魔法公主的孫女的孫女)
ISBN 978-957-503-421-4(平裝)
863.59 108007404

閱讀123系列 ——— 077

買菜大冒險

文｜哲也
圖｜草棉谷

責任編輯｜陳毓書
封面設計｜林家蓁
內頁排版｜林子晴
行銷企劃｜王俐珽

天下雜誌群創辦人｜殷允芃
董事長兼執行長｜何琦瑜
兒童產品事業群
副總經理｜林彥傑
總編輯｜林欣靜
主編｜陳毓書
版權主任｜何晨瑋、黃微真

出版者｜親子天下股份有限公司
地址｜台北市 104 建國北路一段 96 號 4 樓
電話｜（02）2509-2800　傳真｜（02）2509-2462
網址｜ www.parenting.com.tw
讀者服務專線｜（02）2662-0332　週一～週五：09:00~17:30
讀者服務傳真｜（02）2662-6048　客服信箱｜ parenting@cw.com.tw
法律顧問｜台英國際商務法律事務所・羅明通律師
製版印刷｜中原造像股份有限公司
總經銷｜大和圖書有限公司　電話：(02) 8990-2588

出版日期｜ 2019 年 9 月第一版第一次印行
2022 年 11 月第一版第四次印行
定價｜ 220 元
書號｜ BKKCD139P
ISBN ｜ 978-957-503-421-4（平裝）

訂購服務
親子天下 Shopping ｜ shopping.parenting.com.tw
海外・大量訂購｜ parenting@cw.com.tw
書香花園｜台北市建國北路二段 6 巷 11 號　電話（02）2506-1635
劃撥帳號｜ 50331356　親子天下股份有限公司

買菜大冒險

文 哲也　圖 草棉谷

我有一個很厲害的媽媽，什麼事都難不倒她，
不管什麼麻煩，她都有辦法！
「媽，你是不是有魔法啊？」
「哇哈哈，不愧是我女兒，這麼快就被你發現啦！」

原來，古時候有一位很厲害的魔法公主，
媽媽就是她的孫女的孫女的孫女喔，
媽媽會的魔法不多，但她有一張祖傳的「魔法悠遊卡」，
每次她拿出悠遊卡，我就知道，今天又要發生一些神奇的事了。
現在就讓我告訴你，這個暑假，有哪些奇妙的故事吧！
對了，這些事，可別告訴我爸爸喔！

媽媽
看起來很平常，但有時會有神奇的力量。
爸爸
看起來傻乎乎，但我相信他一定有聰明的地方，只是還看不出來。
我
看起來像十歲那麼聰明，但其實只有六歲。
魔法悠遊卡
全名是「魔法世界任你悠遊儲值卡」，每次使用魔法，或坐公車去魔法王國，都會扣魔法點數。

1

媽媽說，雖然我們平常很喜歡欺負爸爸，但是今天不行。

今天是爸爸生日，要幫爸爸慶祝生日，讓他開開心心。所以一大早，我和媽媽就把爸爸搖起來。

「快起來！快起來！」

爸爸睜開半個眼睛說：「求求你們，讓我多睡一下，今天是我生日欸。」

「所以你要起來，我們才能幫你慶祝生日啊！」媽媽說。

刷！媽媽把棉被拉開。

「好冷唷。」爸爸窩在床上發抖。

碰！媽媽拉開一個拉炮，亮晶晶的彩帶飛出來。

「好吵唷。」爸爸摀住耳朵。

碰！我跳到爸爸身上，抱住他。

「好重唷。」爸爸哀號。

我們把爸爸像滾雪球一樣滾下床，大喊：「生日快樂！」

爸爸搖搖晃晃走進浴室，一邊刷牙，一邊看著我說：「我在刷牙，你可不可以親我一下？」

好吧，我只好爬上小椅子，在爸爸臉上啄一下。

爸爸把嘴裡的牙膏泡泡吐掉。「我是說，我在刷牙，你可不可以先出去一下！」

「爸，以後你嘴裡有泡泡的時候不要開口講

話。」我說。

「我在刷牙，你站在旁邊做什麼啊！」爸爸說。

「表演節目給你看啊。」我拿出直笛，開始演奏生日快樂歌。

「我可以自己一個人安靜一下子嗎？」爸爸問。

「不行，媽說今天要幫你慶祝生日。」

爸爸刷牙洗臉完，我也剛好演奏完。

「結束了嗎？太好了。」爸爸說。

我衝進廚房，抱住媽媽。「媽！爸爸很喜歡我送他的生日禮物！他說太好了！」

「什麼？剛剛那樣就算是生日禮物了嗎？」

爸爸嚇一跳。

「別擔心。」媽媽說：「親愛的，真正的生

日禮物在我這裡。」

「是什麼？」

「一個願望，你可以許一個願望，我會幫你實現唷。」媽媽說。

爸爸眼睛忽然變得好亮好亮。「那我今晚想吃一頓牛排大餐！」

「那好貴欸，可能要一個禮拜的菜錢。」媽媽扳著指頭算。

爸爸的眼睛又暗了下來。「算了，只要你做一道拿手好菜就可以了。」他說。

「可是我沒什麼特別拿手的菜。」媽媽說。

「沒關係，只要是菜就可以了。」爸爸低下頭。

「這樣好了！」媽媽翻開食譜。「你從裡面選一道菜，不管選什麼，我一定會做給你吃。」

爸爸隨便指一頁。「那就……這個好了。」

「什麼！」媽媽大叫一聲。「你真的要吃這個？」

「不行嗎？如果能吃到這個，我今天就很開心了。」爸爸說。

「好吧……」媽媽的臉看起來，好像洗澡洗到一半忽然停水。

爸爸吃完早餐，親了一下媽媽，就開心的去上班了。

爸爸才一出門，媽媽馬上拿起電話，打給外婆。

「媽，我老公說他要吃彩虹蛋糕。」

「什麼！」外婆也大叫一聲。

「你冰箱裡還有彩虹嗎？」媽媽問。

「早就沒了，」外婆說：「那種東西很難買得到……」

「只好去那個菜市場買買看了……」

2

媽媽綁起頭髮，披上外套。

「妹妹，走，我們去買菜。」

「好！」

「這次可能有點危險唷。」

媽媽對我眨眨左眼。她知道我最喜歡冒險了。

「難道？」我說。

「對。」

「我們是要去？」

「嗯。」

「那個地方？」

「沒錯。走！」

媽媽和我蹦蹦跳跳跑下樓，牽出腳踏車。

腳踏車像魚一樣，滑溜溜的游出巷子，游進亮晶晶的大街上，陽光灑在我們臉上。

「啊，好亮！」我的眼睛都張不開了。

「真是適合去冒險的好天氣對不對？」

媽媽載著我，一邊踩，一邊唱：

你看世界這麼大！
你看陽光多美呀！
戴上可愛的小草帽，
帶著魔法悠遊卡，
趁著爸爸不在家，
我們又要去冒險啦！
阿拉拉，哇哈哈！可可露西亞！

唱完歌，跳下腳踏車，媽媽跺跺腳。

公車站牌像樹苗一樣，搖搖擺擺從地上長出來。接著，一輛公車搖搖擺擺開過來。

媽媽和我跳上車。

「歡迎搭乘可可露西亞王國交通車！」司機是一隻笑咪咪的狐狸，「請刷卡。」

媽媽拿出魔法悠遊卡，放在感應機上。

嗶！餘額剩下十五點。

公車出發了。

就像平常一樣，公車到了每一站都會播報站名。

只不過，一般公車是這樣：

「下一站，南京三民站。」

「下一站，臺北小巨蛋。」

「下一站，南門市場。」

但是，現在變成：

「下一站，巨人排排站。」

「下一站，遠古恐龍蛋。」

「下一站。精靈大市場。」

「到了！」媽媽跳起來，按了下車鈴。

公車搖搖晃晃的開走了。
我和媽媽站在可可露西亞王國最熱鬧的市場入口。

「這裡應該有賣新鮮的彩虹吧？」媽媽說。

「應該吧……」我說。

「你聲音怎麼抖抖的？」

「我有點害怕。」

「沒關係，深呼吸。」媽媽說。

我深呼吸了三下，然後牽著媽媽的手，發著抖往前走。

我一走進市場，就踩到一個牛頭人的腳。

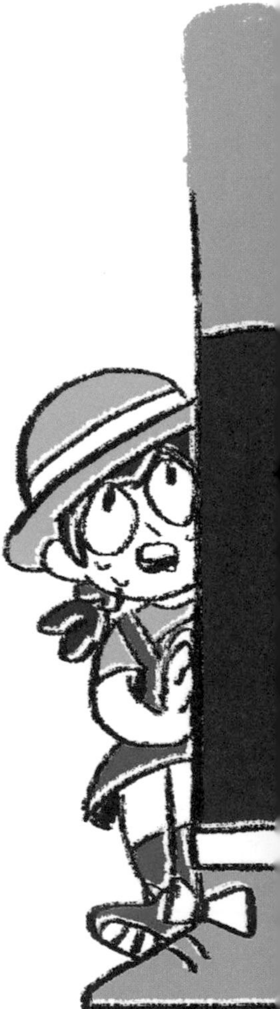

「啊，對不起。」

「哦？是魔法公主的孫女的孫女的孫女來了呀！」牛頭人說。

「好久不見！」餅乾店的火龍老闆探頭說。

「最近怎麼都沒有來買菜？」賣神燈的精靈

說。

「妹妹長這麼大了？」賣飛毯的小黑人說。

「來得正好，今天的水果又大又甜唷！」長得像獨角獸的水果攤老闆說。

水果攤裡的每顆水果，都跳起來說：「選我選我！」

長得像高麗菜的青菜攤老闆娘，也對媽媽揮手說：「今天的龍鬚菜便宜又好吃喲！」

龍鬚菜像龍一樣浮在空中，飄來飄去。

「老闆，你們有賣彩虹嗎？」媽媽問。

「做菜用的嗎？還是熬湯的？」

「做蛋糕用的。」

「你去巫師的雜貨店看看有沒有。」

要找到巫師雜貨店，很簡單，怪東西最多的那家就是。

小水盆裡，有賣月亮的倒影。一瓶一瓶的飲料，裝著美人魚吐出來的氣泡。還有賣小仙子的鞋子、炸得脆脆的流星、晒乾的巨人腳印、龍捲風、風箏和風鈴。

「歡迎試吃！」長得像貓頭鷹的巫師老闆，

端出一盤小龍捲風給我們吃。

龍捲風吃到嘴裡麻麻的。

「老闆，有沒有賣彩虹？」媽媽問。

「彩虹賣完了。」

「真糟糕，我特別跑來買的……」媽媽說。

「我幫你問問看。」老闆騎著掃把飛到市場上空問：「誰有彩虹可以賣給這兩位姑娘？」

「全都賣完了。」全市場的人都搖頭。

這時候，忽然響起一聲大吼。

「吼！」

我和媽媽回頭。

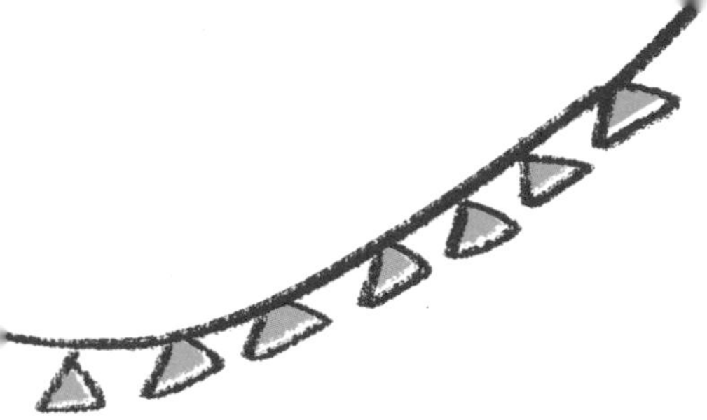

雜貨店角落有一個鐵籠子，籠子裡關著一隻大獅子。

「放我出去，我就帶你們去找彩虹。」獅子說。

大獅子看起來好威風，好漂亮。

「你為什麼被關著？」我蹲下來問獅子。

「因為我偷吃巫師的東西，」獅子低下頭，「所以被他變成獅子，關在這裡。」

巫師搖頭說：「可惜沒人要買獅子。」

媽媽也蹲下來，「你說你是被巫師變成獅子的？那你原來是什麼？」

「我是王子。」獅子說：「只要有人親我一下，我就會變回原形。」

「那王子殿下知道哪裡有賣彩虹嗎？」

「我知道彩虹是從哪裡長出來的，如果放我出去，我就帶你們去抓。」

「一言為定！」媽媽掏出她的魔法悠遊卡給巫師，「這隻獅子我買了！」

「謝謝惠顧！」巫師刷卡以後，打開籠子。大獅子跳出籠子的第一件事，就是把全身抖一抖。

「我自由了！」牠大吼一聲：「跳上來！」

我和媽媽一起騎在獅子背上，緊抓著鬃毛，跑出市場、跑過山谷、跑過草原、跑上大山，最後獅子從一座懸崖跳了下去。

「啊！」我們尖叫。

碰，獅子安全的降落在一片鬆軟的沙灘上。

「這裡就是彩虹的故鄉。」

沙灘上，有很多小東西，躲在沙子下面閃閃發亮。

「你們看，那些就是彩虹的小寶寶。」

獅子說：「彩虹小時候都躲在沙子裡。」

「太好了！」媽媽彎下腰去抓。但是彩虹寶寶窩在沙子裡，怎麼拔都拔不出來。

「看我的！吼！」

獅子大吼一聲，彩虹寶寶們全都嚇得跳了出來，在沙灘上跑來跑去，媽媽一伸手就

抓到一隻。

「你真棒！」媽媽高興得抱住獅子的額頭，親了一下。

好像冰淇淋融化一樣，獅子開始變回原形，

牠縮小、縮小……最後變成一隻小狗。

「謝謝你讓我變回來！」小狗搖著尾巴說。

「你不是說你是王子嗎？」媽媽驚訝的張大了眼睛。

「沒錯啊，我的名字叫王子，只不過我是一隻狗。」

「好吧。」媽媽聳聳肩，「謝謝你，王子，現在我可以回去做彩虹蛋糕了。咦，手上怎麼溼溼的？」

媽媽低頭看手掌心，手上的那隻彩虹寶寶正在流淚。

沙灘上的其他小彩虹，都著急的看著它。

我也看著媽媽。

「媽，怎麼辦？」

媽媽皺著眉頭，看著大海。

大海在陽光下一閃一閃，好漂亮。

「算了。」最後媽媽說：「吃不到彩虹蛋糕也不會怎麼樣。」

媽媽鬆開手，彩虹寶寶咻的鑽回土裡。

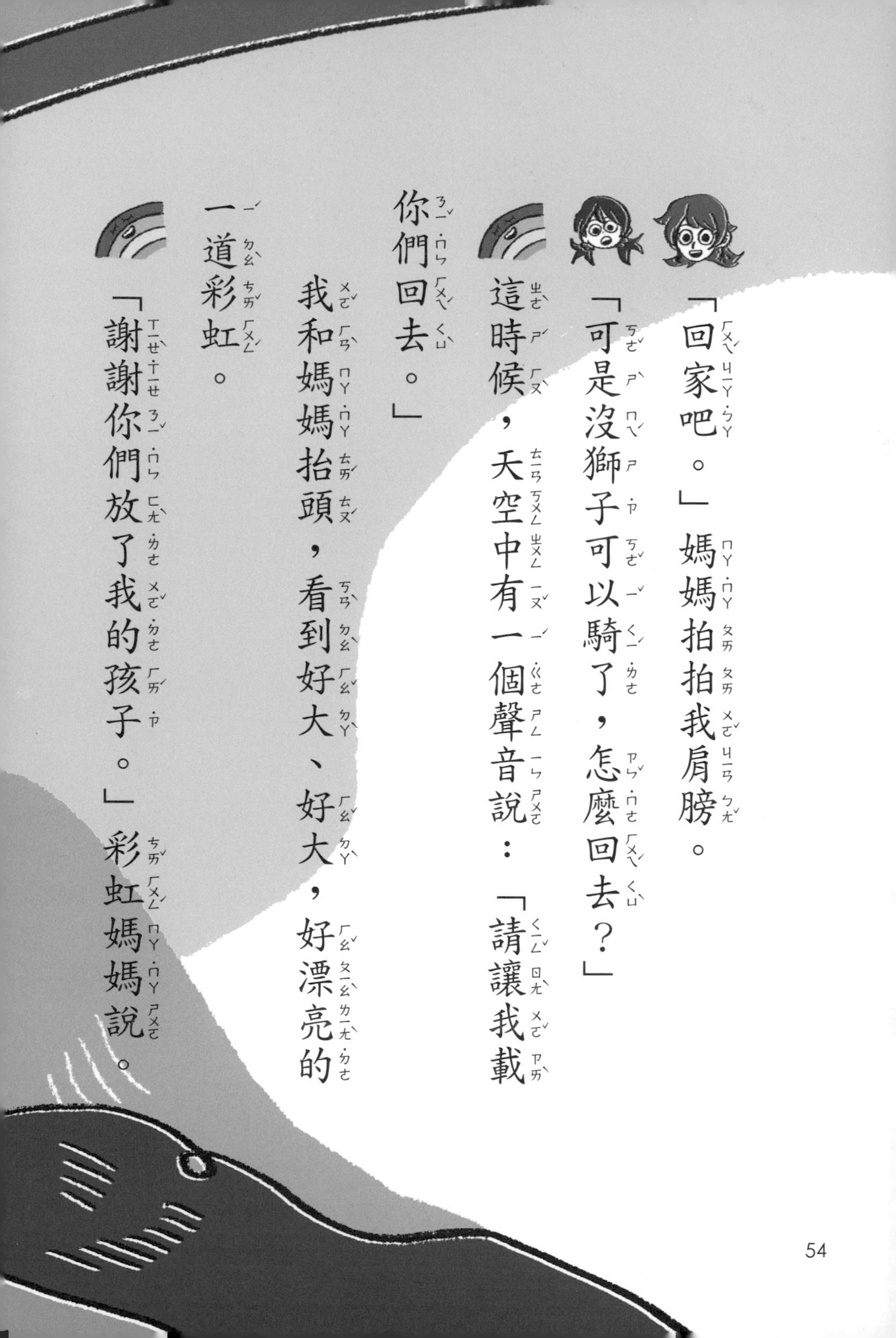

「回家吧。」媽媽拍拍我肩膀。

「可是沒獅子可以騎了，怎麼回去？」

這時候，天空中有一個聲音說：「請讓我載你們回去。」

我和媽媽抬頭，看到好大、好大，好漂亮的一道彩虹。

「謝謝你們放了我的孩子。」彩虹媽媽說。

3

晚上，爸爸下班回家時，看起來好興奮。

「蛋糕！蛋糕！我的生日禮物——彩虹大蛋糕！」爸爸一邊歡呼，一邊蹦蹦跳跳跑到餐桌旁，閉上眼說：「你們可以把彩虹蛋糕端上來了。」

媽媽把蛋糕端上桌。

「生日快樂！」

爸爸張開眼睛。

「怎麼是奶油蛋糕？」爸爸的兩邊嘴角垂了下來。

「奶油蛋糕才是世界上最好吃的蛋糕啊！」

媽媽說。

「可是明明說好是彩虹蛋糕的……」

「哎喲，買不到彩虹啊……」我搶著說。

「彩虹？」爸爸翻開食譜，「彩虹蛋糕的原料怎麼會是彩虹？」

原來，彩虹蛋糕是胡蘿蔔、南瓜、紅麴醬、

紫心甘藷泥、紫羅蘭粉等七種不同顏色的材料做成的，不用彩虹。

媽媽抓抓頭說：「哎呀，妹妹的意思是說，這些材料比彩虹還難買啊！」

「你就不願意為了我，跑遠一點去買嗎？」

「我們已經跑很遠了！」我和媽媽張大雙眼一起大叫。

「好好好，對不起，我吃就是了……」

爸爸紅著眼，切了一塊蛋糕，放在盤子裡。

才一眨眼，蛋糕就不見了。

「怎麼回事？」

爸爸低頭，看到一隻小狗，嘴角全是奶油。

是王子！什麼時候跟來的？我和媽媽嚇一大跳。

爸爸的眼睛瞬間變得好大、好亮。

「你們怎麼知道我一直想養一隻小狗？」爸爸把小狗抱起來，高興得快哭了。「這才是我的生日禮物，對不對？」

「沒錯！這是我們要給你的驚喜，」我和媽媽衝上去抱住爸爸。「生日快樂！」

「這真是我最快樂的一次生日了！」爸爸又哭又笑的說。

給孩子最棒的禮物、最有效果的良藥

大業國小閱讀推動教師　宋曉婷

閱讀 123 聽讀本——《買菜大冒險》、《晒衣服大冒險》、《吃冰大冒險》

書籍特色

❶ 故事情節貼近孩子的生活經驗卻又加入了冒險元素，帶領孩子進入充滿想像力的文字空間。

❷ 一套三本，每本故事長度適合大班到小一的孩子，讓這些孩子有機會獨自閱讀完一本書增加成就感！也能讓初次陪讀的爸媽容易上手增加信心！

❸ 小短篇故事＋朗讀 CD 陪伴孩子邊聽邊讀，讓孩子更了解故事內容，認識更多國字，透過「聽育」幫助孩子自行逐字閱讀。

❹開拓學齡前孩童的新視野：故事書不是只有繪本而已喔！七歲之前的閱讀不再只局限於繪本！歡迎進入橋梁書的世界！

使用方法

親子共讀

❶先聽：在親子共讀的時段可以選擇一起聽故事，這種方法適合閱讀習慣尚不穩固的親子。

❷直接讀書本：家長已有一定的說故事經驗，想要嘗試更進階的文本，可以選用這套書，它會是一個很容易上手的教材。

❸邊聽邊讀：和孩子一起享受聽故事讀書本的樂趣！每天晚上都要讀一篇故事給孩子聽，那是極耗費心神的一件事，利用這套書，親子共讀不需要每一次都這麼累！卻一樣能達到很棒的效果。

❹放在車上聽：全家開車旅行或接送孩子上下學的車程裡，可以在車內播放這個朗讀版CD，讓孩子預先聽聽故事，親子之間也可以加入有關於故事內容的對話，這樣可以讓孩子下次看到讀本的時候有更多的感受。

❺角色扮演：這套書的編排特別在對話的時候用「人物頭像」幫助孩子分辨每句話說話的角色，不但可以減少獨自閱讀的難度，更可以讓孩子在共讀時光裡選擇自己想要的角色，唸出自己的臺詞！

孩子自己讀

❶先聽：還沒有能力自己讀書的孩子，可以讓他先聽聽朗讀版CD。

❷邊聽邊讀：可以加強孩子的文意理解與識字能力。

❸直接讀文本：認字能力很好的孩子可以直接讀文本。

閱讀這帖良藥，建議三餐飯前服用，最好睡前再服一帖，效果更好！祝大家藥到病除，身心健康囉！

閱讀123